Die Schatten aus unserer Vergangenheit

3

Yae Utsumi

Inhalt

Wer hat ihn ermordet?

Wer war das?

Kapitel 15: Kaltblütig

... ist der Täter unter den Verbleibenden!

Unfassbar ... Es gab wieder ein Opfer!

Außerdem ...

Ich hatte keinen Groll auf Sakamoto ...

Da... Das war ich aber nicht!

!

Außerdem kann ich mit diesen Verletzungen keinen Jungen töten!

Wer hat so was Schreckliches getan?!

Aber wer war es denn dann?!

... in der Tat unmöglich.

Das wäre ...

Offenbar ...

... unter uns!

... ist ein wahres Monster ...

Gibt es jemanden, der Sakamoto gehasst hat?!

Mist! Wie konnte das nur passieren?!

Nezu ...

Es bringt nichts, hier unnötig darüber zu diskutieren.

Hmpf!

Lasst uns erst mal ins Klassenzimmer 6-B gehen.

Dort überprüfen wir die Alibis ...

Uwaaaaah!!

20. August 1:29 Uhr

Du willst Mikio angreifen?!

Was ...?!

Hast du kurz Zeit?

Hey.

5-A

Kann ich ...
... mir selbst vertrauen?
Ich kann das doch nicht!
Ich hab Angst ...
... weil ich ein Schwächling bin.
Knirsch
Ich darf ruhig Angst haben!
Ich darf ruhig schwach sein!
Es geht nur darum, ob ich es tue oder nicht!
Uwaaaaah!

... dass Sakamoto alleine war ...

Das heißt also ...

Okay. Das reicht jetzt mit den Alibis.

... können wir den Täter nicht bestimmen.

Hmm. Allein durch eure Aussagen ...

Schon gut. Das ist nur eine Schürfwunde.

Alles in Ordnung, Saotome?!

Wartet bitte zwei Stunden oder so.

Ich geh kurz das nächste Experiment vorbereiten.

Die Wunde scheint nicht tief zu sein.

Drück aber lieber das Tuch drauf.

Urgh ...

Ach ... Verlasst sicherheitshalber nicht das Klassenzimmer.

Nezu, alles gut?

Fühlt sich etwas komisch an?

Nein. Alles gut.

Kirishima scheint sich ja nur um dich zu kümmern!

Dabei bin ich doch schwerer verletzt.

Ts!

Schön für dich, Nezu!

Aber ihr Idioten könnt ruhig sagen, dass ihr ein Paar seid!

Ach, ist schon gut. Mach dir um mich keine Sorgen!

Tu... Tut mir leid, ich ...

Wie?

Das war doch komplett offensicht-lich.

Unmög-lich! Warum denn Nezu?

W... Wie bitte?!

...

...würde nicht mich, sondern Nezu wählen.

Aber selbst ich ...

Aber ...

... ich konnte damals nicht die Katze auf den Arm nehmen.

Wie?

Dabei bist du doch in allen Bereichen besser.

Hä? Was redest du denn?

Es war ...

In eine Ecke des Schulhofs ...

... hatte sich ein Kätzchen verirrt.

... der Winter des 6. Schuljahrs.

Es war mehr tot als lebendig.

Es war dreckig und die rechte Hälfte des Kopfs war weggefault.

Aber ...

Tatsächlich traute sich jedoch niemand, es anzufassen.

Alle sagten »Wie traurig« oder »Wir müssen es retten«.

... das Kätzchen ohne Zögern in seine Arme.

... Nezu nahm ...

Das Kätzchen ist kurz darauf gestorben.

Und dennoch ...

Das hat natürlich nichts geändert.

...

Wovon redest du?

Ein Kätzchen

Seine Gelassenheit macht mich ganz ...

Seine ständige Heuchelei ... Jetzt ist es genauso!

... mochte Nezus Art überhaupt nicht!

Also ich ...

Aber ...

Marika, das ...

... das Gute, von dem Mikio spricht.

... sicher ist das ...

Nezu, und deswegen ...

Hä?

... bist du ...

Es war dreckig und die rechte Hälfte des Kopfs war weggefault.

Aber Nezu nahm das Kätzchen ohne Zögern in seine Arme.

Kapitel 16: Katzenwiege

Ich wollte ein Mensch werden, der so ein Kätzchen in den Arm nimmt.

Aber ... sicher ist das das Gute, von dem Mikio spricht.

Nezu, und deswegen bist du ...

Also ich ...

... mochte Nezus Art überhaupt nicht!

Irgend-
jemand
sollte die
störende
Leiche da
wegräu-
men.

Ganz
verges-
sen ...

Schepper

Was?
Ist er
sauer
über
irgend-
was?

...

Und bei
der Hitze
wird sie
sofort
verfau-
len.

Mir ist
schon
ganz übel
von dem
Blutgeruch
auf dem
Gang.

Ihr seid
doch ver-
letzt.

Ihr
müsst
nicht.

Ich
auch.

Ich
helfe
dir.

Ver-
stan-
den. Ich
mach's.

...

Nein ...
Das ist
schon in
Ordnung
...

Wusch

... möchtet ihr die Arbeit lieber jemandem aufbrummen, oder nicht?

Doch eigentlich ...

... als andere in der Umgebung den Arm gehoben haben.

Anscheinend haben sich einige mitreißen lassen ...

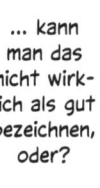

... kann man das nicht wirklich als gut bezeichnen, oder?

Und deswegen ...

Das ist ja auch klar ...

... gegen die Mehrheit nicht zugelassen wird.

Hier herrscht eine Atmosphäre, bei der eine Stimme ...

Niemand möchte gerne eine Leiche sehen, deren Kopf wie eine Wassermelone zerplatzt ist.

... hasse ich am meisten.

Und genau so was ...

Hä?

Räum du sie weg.

Na gut, Mizo-guchi.

Hm, das stimmt wohl ...

... schaff ich doch nicht allein.

A... Aber das ...

Willst du also nicht?

! ... und Nezu.

... Kuroda, Hazuki ...

Ando ...

... Frau Sakura- ba ...

Strengt euch bitte gemeinsam an.

... er- schieß ich jemanden in diesem Klassen- zimmer.

Wenn sie nicht in 15 Minuten weg ist ...

Dort in den La- gerraum, oder?

Wo tragen wir ihn hin?

Urgh!

Aber er sieht wirklich schlimm aus.

Womit wurde er denn geschlagen ...

... dass er so ...

... sind schon ziemlich starr.

Arme und Beine ...

Das ist ... wirklich schrecklich.

Ich hab keine Ahnung, warum jemand Sakamoto umbringen würde.

Er tut mir ...

... wirklich sehr leid.

... du bist ein netter Typ.

Mizoguchi ...

Ich hatte null Selbstbewusstsein.

Und war ein Nichtsnutz.

Ich ... war früher emotional leer.

Ich hatte keinerlei Talent.

Weil du dir nicht einbildest, stark zu sein.

Das meinte er.

Ich fragte ihn, warum er das denken würde.

Aber Sakamoto meinte, dass ich ein netter Typ wäre.

... ich hab mich trotz Sakamotos Worten ...

Aber ...

... gaben mir etwas Zuversicht.

Diese Worte ...

... wäre wohl ich draufgegangen.

... es also gehießen hätte, er oder ich, dann ...

Wenn ...

... ständig ...

Und dennoch denke ich nicht ...

... dass ich lieber an Sakamotos Stelle gestorben wäre!

... so peinlich verhalten.

Nezu ...

Mizoguchi ...

So ein Kind ...
... warst du nämlich.
...
In der Ta hatte ...
... ihr alle eure Problemchen ...
Drück
... aber ihr hattet auch alle eure Vorzüge ...
... deswegen ...
... kann ich mir keinen Grund vorstellen, warum jemand ...
... so etwas Grausames tun würde!
Frau Sakuraba ...

Ich hab auch keinerlei Vorzüge ...

... aber ...

Eben meintest du, dass du nicht so wärst wie ich.

Aber das stimmt nicht.

... dem ich nacheifere.

... ich habe zumindest jemanden ...

Hä?

Wie sah's aus?

Und?

Willkommen zurück

Daher könnte es an der Leiche doch Spuren gegeben haben, oder?

Sakamoto wurde von jemandem umgebracht.

Tut doch nicht so.

... Im ... Grunde war da nichts.

...

Halt dich nicht zurück.

Du kannst uns ruhig deine Theorien verraten.

Dabei hast du doch einen Blick für so was, Nezu.

Ach, wirklich?

Ei...

Kuroda, beim nächsten Experiment wird dir deine Ansprache noch nützlich sein.

Das Experiment lautet ...

»Wahl des Unbeliebtesten«.

Wa... Was soll das denn sein?

?!

... haben das letzte Experiment gewonnen und nehmen nicht teil.

Tsukioka, Hasebe, Amamiya, Shoyan und Ishi ...

Ihr werdet alle abstimmen und entscheiden, wer von euch der »Böseste« ist.

Wenn ich es recht bedenke, hatte Mikio uns immer in der Hand.

Und Mikio?! Ruft mal jemand Mikio!

Oh, Takapon und Nezu kämpfen schon wieder.

Genau. Mikio ...

... hat bei so was sicher ...

... nie an alle anderen gedacht.

Hört alle her!

Wie Mikio vorgeschlagen hat, werden wir in den Herbstferien ...

Er wollte die Kontrolle.

Gut. Dann fangen wir an.

Die »Wahl des Unbelieb-testen«.

Nehmt einen Zettel und einen Stift und schreibt den Namen desjenigen auf, der für euch der »Böseste« ist!

Und eine Strafe von Mikio ...

... ist sicher lebens-bedroh-lich.

... kriegt eine Stra-fe!

Die Person mit den meisten Stimmen ...

Ich ... wollte nur meine eigene Haut retten.

Eigentlich habe ich mich damit nur selbst schlechtgemacht!

Ach ... Warum musste ich so was sagen?

... dem ich nacheifere.

Ich habe zumindest jemand ...

Ich ...

Ich ...

Ich ... will nicht sterben.

Jetzt haben alle abgestimmt, oder?

Dann wollen wir mal auszählen.

Flatter

?

!

Ach ...

So ist das also?

Besonders nach dem letzten Experiment ...

Es wird gut gehen.

Ob das gut geht?

...!

Dieses Experiment ...

... hat dich freigesprochen.

Ist doch schön, Kobeni.

Aber ich hatte mir das natürlich so gewünscht.

Erstaunlich.

Klack

Klack

Klack

Klack

Klack

Klack

Klack

Klack

Klack

Hä?

Nun gut. Weiter geht's mit dem nächsten Experiment.

Klack

Klack

Warum überstürzt du es so, Mikio?

Unser Essen ...

Wie?

Was redest du denn?

Oder hast du es etwa verge...

Gestern hattest du Essen für uns vorbereitet.

Gibt es heute denn keins?

Dann hättest du was sagen sollen.

Meine Güte, Nezu. Hast du so großen Hunger?

Plumps

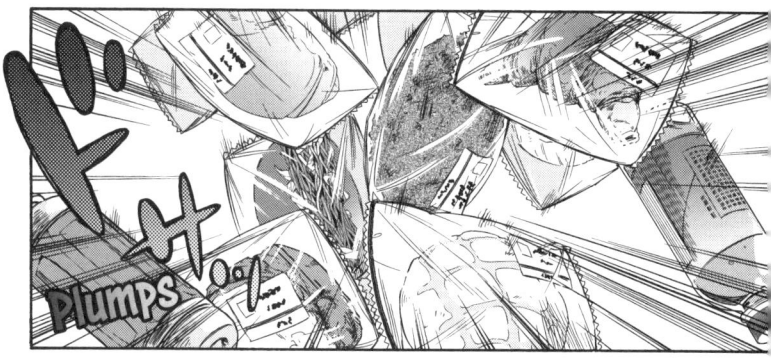

In einer Stunde beginnt das nächste Experiment.

Esst, was ihr wollt.

Kommt und nehmt euch.

Ich bin solange im Kochunterrichtszimmer. Kommt, wenn etwas sein sollte.

Sag mal, Kuroda.

...

...

ganz schön cool.

Eben warst du ...

...

Verglichen damit habe ich doch ...

Ich hab nichts Besonderes gemacht.

...Meinung über dich auch geändert.

Ich hab meine ...

Ha ha

Wie erbärmlich waren wir eigentlich bis jetzt?

Ja ...

Wir werden auf jeden Fall über- leben.

Wow! Toll!

Und ich hab doch ein Olym- piaticket für den Hundertmeter- lauf ergattert.

Sag mal, Ishi.

Über-
stürz es
nicht.

... aber
wenn du
sie tö-
test ...

Du magst
sie zwar
hassen
...

Daher ist
es besser ...
man hasst sie
einfach nur
weiterhin.

... wirst du
es sicher nur
bereuen.

...

58

Sag mal, Ko-beni ...

...

... denn jetzt?

Be-reus du's ...

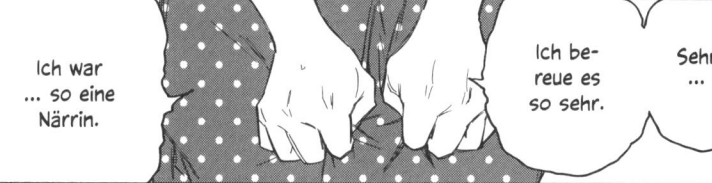

Ich war ... so eine Närrin.

Ich be-reue es so sehr.

Sehr ...

Lass uns ...

... gemein-sam über-leben.

Wie?

Dann ist ja gut.

Ja
...

Mach
doch.

Ich
geh mal
aufs
Klo.

...

Wusch

Kochunterricht

Schepper

Knall

Es kann sein, dass jemand diese Unterhaltung mithört.

... beweisen sollt.

Komm während des Essens ins Kochunterrichtszimmer.

Sag es niemandem.

Könntest du mir helfen ...

... Nezu?

Mikio ... Was genau planst du?!

Könntest
...

...
du mir
helfen,
Nezu?

...

Kapitel 18: Das Schweigen der Lämmer

H/ Klatter
ク,,

Wer
würde denn
bei einem
deiner Ex-
perimente
helfen?

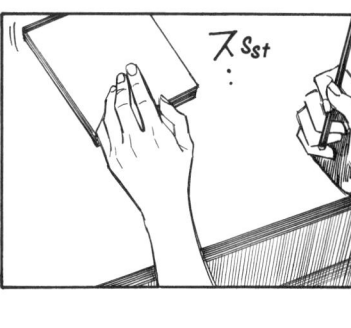

ス Sst
:

Wie un-freund-lich.

Dabei waren wir früher so gut be-freundet.

Was meinst du mit helfen?

Was meinst du mit helfen?

?!

In der Klasse ist jemand, der meine Experimente ausnutzen möchte.

Hi hi

Das stimmt wohl.

Was meinst du damit?!

Die Experimente ausnutzen?!

Ich kann doch niemandem helfen, der Leute umbringt.

Aber ...

Das weiß ich noch nicht.

Hat das mit Sakamoto-Mörder zu tun?

... als bei meinen Experimenten herauskommen würde.

... es droht vielleicht ein noch grausameres Ende ...

Grins

Aber ...

...

...

Wen denn?!

Wusch

Es gibt eine Person, die ich ...

... ver-dächtig finde.

Mirai Kirishima

!!

Jetzt reicht es mir aber, Mikio!

Ich lass nicht zu ... dass du noch mehr Unsinn laberst!

Bwratsch

Ich meine das alles todernst.

Das ist es nicht wert, dafür Menschenleben zu opfern.

Sie hat mir gestern Gift gestohlen, oder?

Ich ... bin nicht nur hier, um meine Neugier zu stillen.

Ich glaube, dass ich vielleicht durch die Veröffentlichung meiner Experimente die Welt verändern könnte.

Das hat sie doch für alle gemacht!!

Jedenfalls werde ich aktiv am nächsten Experiment teilnehmen.

!

Kicher

Ich werde die Person schon aufspüren ...

... die meine heiligen Experimente besudelt.

...

Es ist anscheinend sinnlos, hier mit dir zu reden.

Ähm ...

... such du bitte auf deine Art nach dem Schuldigen.

Und in diesem Sinne ...

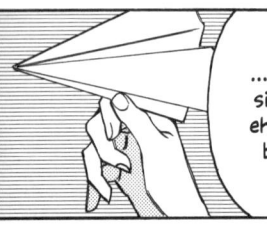

... müssen sich doch eh alle mir beugen.

Aber am Ende ...

Gehen wir zurück ...

... Nezu.

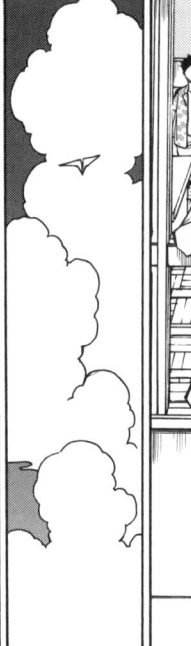

Danke fürs War- ten.

Habt ihr ir- gendwas bespro- chen?

Warum kommt ihr gemeinsam zurück?

Hm?

Darf ich glauben, was Mikio mir er- zählt hat?

Ja.

Nein. Wir haben uns auf dem Gang ge- troffen.

Nicht wahr, Nezu?

Aber ...

... als heute Morgen Sakamotos Leiche gefunden wurde ...

Wenn es so jemanden geben sollte, warum macht er das?

In der Klasse ist jemand, der meine Experimente ausnutzen möchte.

... schien Mikios Reaktion echt gewesen zu sein.

... sehe ich zum ersten Mal.

Diese Leiche ...

... nach dem Klassengericht ins Ohr geflüstert.

Mikio hat mir gestern ...

Nein. Sicher nicht.

Heißt das etwa, dass Mikio in dem Moment bemerkt hat, dass jemand sich einmischt?

Und das wiederum heißt, dass bis zum Ende des zweiten Experiments etwas Unerwartetes geschehen sein muss.

Das heißt also, dass Mikio in dem Moment schon bemerkt hatte, dass jemand die Experimente ausnutzen will.

Ich muss mich erinnern!

Aber was nur?

...zu.

Mirai...

Was hast du?

Nezu.

?

!

Sst

Nichts.

Gar nichts.

Lass uns auf jeden Fall gemeinsam heimkehren.

Ja.

...

Na gut.

Patsch

Du platzt ja fast vor Neid.

Ich hab schon keinen Bock mehr, was dazu zu sagen.

Ja, ja. Ihr seid echt süß zusammen.

...

Als Nächstes ...

Wir fangen mit dem nächsten Experiment an.

... darf jeder mit mir unter vier Augen reden.

Daher möchte ich direkt eure Gefühle erfahren, damit die kommenden Experimente auch glücken.

Ihr seid nun schon einen ganzen Tag in einer Extremsituation.

Hä?

Keine Angst! Es ist pro Person nur eine Unterhaltung von fünf Minuten angesetzt.

Un... Unter vier Augen?!

Wofür das denn?

...

We... Wer würde denn einem Mörder ehrlich seine Gedanken verraten?!

Ich verstehe ...

... einen Kameraden zu belasten.

Vor der Gruppe wäre es schwer ...

Damit könnte er leicht Hinweise zum Täter in Erfahrung bringen.

... hasst ihr und ...

... wer interessiert euch?

Wen aus der Gruppe ...

Kurz gesagt werde ich nur zwei Dinge fragen.

Nein.

Wie?

!

Was soll das heißen?

Wer uns interessiert?

Wen wir hassen?

We...

Na gut. Ich ...

...

Und was erfährst du ...

... indem du das fragst?

... werde mit Ishi anfangen.

Ich werde dadurch ...

... eine Menge erfahren.

Ja. Es geht schon. Danke.

Packst du das? Kannst du alleine gehen?

Wollen wir ins Nachbarzimmer?

Mit mir?

Knall

Ich hab es über die Kamera gesehen.

Ich meine gestern.

6-C

Sie hätten dich nicht so extrem schlagen müssen.

wusch

Wie?

Du hast viel durchgemacht, Ishi ...

Dann sag mir doch mal ...

Gut.

... lieber gleich beginnen.

Lass uns ...

... wen du am meisten hasst.

Kobeni Tsukioka.

...

Das kann ich verstehen.

Tja.

Und wer interessiert dich?

Wenn es keine Gesetze gäbe, hätte ich sie längst umgebracht.

Iroha
Ando.

Und
warum?

...

!

Nun ja
...

Ob
Reika klar-
kommt?

Reika!

!

80

Sie haben mir wirk-lich so viel erzählt.

Ha ha ha! Wirklich klasse.

Blätter

Meine Güte ...

Ich bin so froh, sie alle getroffen zu haben.

6-B

Klatter

Es ist abartig, wie niedlich Menschen sind.

Kapitel 19: Der Faden der Spinne

Dank euch habe ich viele Informationen erhalten.

Vielen Dank.

Weißt du etwa, wer Sakamoto getötet hat?!

Unmöglich...

Informationen?!

Bei der Unterhaltung habt ihr alle die Person benannt, die ihr als Sakamotos Mörder verdächtigt, oder?

Dabei hatte ich euch nur gebeten, mir zu sagen, »wer euch interessiert«.

...

Es interessiert euch alle, oder?

?

Ach ...

...

... noch mal die Sachlage durchgehen.

Deswegen möchte ich vor dem nächsten Experiment ...

Das stimmt übrigens nicht.

... waren alle in den Zimmern und sind nicht rausgegangen.

Aber wir ...

Ich habe unter anderem eine Zeugenaussage bekommen ...

... dass zwischendurch ... in der Nacht jemand das Klassenzimmer verlassen hat ...

Ähm
...

Also
...

...

Mehrere Zeugen haben es bestätigt.

Du kannst dich nicht herausreden.

So was, Ando?

...

Tut mir leid, dass ich gelogen habe.

Ja ...

Ich habe in der Tat das Klassenzimmer verlassen.

Ich war nur auf Toilette!

Aber ich habe Sakamoto nicht getötet!

Echt jetzt?

E...

Auf der Toilette?

Da bin ich mir nicht sicher.

Das ist doch zu lang für einen normalen Toilettengang, oder?

Die Zeugen meinten, dass du knapp zwanzig Minuten nicht im Klassenzimmer warst.

Also ...

Jetzt sag schon! Was hast du die zwanzig Minuten gemacht?!

Alles in Ordnung?!

Dann kannst du es also wirklich nicht sagen?

Ich hatte dir vertraut.

Unmöglich ... Ando ...

Es ist och genug, der? Wenn du es nicht erzählst ...

Sag mal ... Ando.

...

Genau! Bleib mal ruhig.

... vorschnellen Schlüsse ziehen.

Warte, Shoyan. Lass uns keine ...

Es stimmt.

Ich hab gesehen, wie Ando nachts in die 6-D kam, um sich Sachen zu holen.

Weil ... ich es irgendwie verstecken wollte, hat es so lange gedauert.

... hat sie mich gebeten, es geheim zu halten, weil es ihr peinlich war.

Und dann ...

...

Das ist doch kein Moment, in dem so was peinlich sein muss!

Außerdem ist Ando schuld, oder?!

Da sie nicht wollte, dass ich es sage, verrat ich es doch nicht einfach so!

Wa... Was denn? Dann sag das doch gleich.

Eigentlich hast du ihn getötet, oder?

Es ist sowieso verdächtig, dass du deine Tage hast.

Dann zeig mir Beweise.

Sagst du wieder so was?

Mir ist egal was.

Zum Beispiel die Stelle, wo es blutet.

atsch

Wer das nicht macht, ist einfach nur ein Idiot.

Bevor man sich vom eigenen Gerechtigkeitsgefühl oder Zorn leiten lässt, sollte man zunächst mal den Wahrheitsgehalt der Informationen prüfen.

Ohne genau nachzulesen, gehen sie auf andere los. Sie verhalten sich unverantwortlich.

In den Medien passiert so was ebenfalls häufig, oder? Durch einen Titel oder einen Artikel werden die Leute in die Irre geführt.

Kaum klüger als ein Affe.

... und die Berichterstattung kritisiert, hat nichts gelernt.

Wer erfährt, dass er reingelegt wurde ...

Und das ist noch nicht alles ...

Ich hätte verraten, dass sie nicht die Täterin sein kann, aber niemand hat gefragt.

... danach erkundigt.

Und ... dennoch hat sich niemand in Andos Fall ...

Ihr wisst doch alle, dass ich in den Klassenzimmern Kameras versteckt habe.

Du bist auf die Informationen reingefallen und hast nicht nachgedacht.

Genau, Shoyan ... Du bist hier der Narr.

... und sie wurde verletzt.

Durch die vagen Informationen wurde Ando verdächtigt ...

Du solltest dich was schämen.

Hoppla. Ich wurde abgelenkt.

...

Ha ha ha ha

Also passt alle besser auf!

... noch eine Info.

Aber ich gebe euch ...

Somit konnte ich in der Nacht keine Videos aufnehmen.

Tatsächlich wurden bis auf im Zimmer von Nezu und den anderen die Kameralinsen verdeckt.

...

Wie?

... konnten wir überwacht nicht einschlafen.

Schließlich ...

... wie Ando noch zwei weitere Personen mitten in der Nacht herausgeschlichen haben.

... gab es noch Zeugenaussagen, dass sich aus den anderen drei Zimmern ...

Immerhin ...

Das ist schon in Ordnung.

Was?!

Das ist doch sinnlos.

Dann hat einer von denen also Sakamoto getötet?!

Aber wer?!

War das etwa bei uns?!

Ich hatte nachts auch das Gefühl, dass sich etwas bewegt hat.

Es könnte also noch jemanden geben, der nachts weggegangen ist.

... wissen wir nicht sicher, ob nicht noch weitere rausgegangen sind.

Selbst, wenn wir wissen, dass die zwei Personen die Räume verlassen haben ...

Hä?

... da es weitere mutmaßliche Täter gibt, oder?

... die zwei unnötig zu verdächtigen und zu verunsichern ...

Es ist sinnlos ...

Nicht nur an den anderen ...

Ihr solltet alle mehr zweifeln.

... sondern auch an den festgefahrenen Antworten in euren Köpfen.

Das ist richtig.

Genau, Nezu.

Sonst werdet ihr nicht überleben.

...

Dann auf zum nächsten Experiment!

Na gut ...

Das ist sie.

Das ist die Wunde von damals.

Nach dem Vorfall an einem Tag im Oktober

Genau ... Die Person ist ein wahrer Teufel!

Das sieht schlimm aus.

... solche Spiele mit den Herzen anderer zu treiben!

Normalerweise würde man doch nicht auf die Idee kommen ...

Zum Beispiel?

... hat Mikio Yumesaki denn irgendwelche Prophezeiungen gemacht?

Aber ...

... wenn ihr wieder frei sein würdet?

Etwa darüber, was sein würde ...

Ihr seid »Sünder«.

Ihr seid
»Engel«.

Hana Ichi Monme* »Neo«.

Das Thema des nächsten Experiments lautet ...

n Gruppenspiel, bei dem sich zwei Seiten gegenüberstehen und abwechselnd durch Schere, Stein, Papier jemanden von der anderen Seite klauen.

Dann lasst uns spielen!

Wen brauchen wir und wer ist nutz-los?

Kapitel 20: Der Prozess

Yoichiro Inukai

Reika Ishi

Iroha Ando

Suzuko Amamiya

Sumire Aizawa
Tod durch Gift

Yumi Kuramoto

Mirai Kirishima

Gen Kajiwara

Aya Osanai

Tatsuo Oikawa

Shoya Sugita

Taisei Sakamoto
Ungeklärte
Todesursache

Kikuya Saotome

Yui Koshimizu
Tod durch Gift

Daiki Kuroda

Kouji Hasebe

Nezu

Kobeni Tsukioka

Takashi Chuza
Tod durch
Verätzungen

Kohei Tachiban

Kyoko Sakuraba

Marika
Yamaguchi

Hayato Mizoguchi

Kaito Mizuno

Erina Hazuki

27 Stunden und 8 Minuten
seit Beginn der Experimente

Verstorbene bis jetzt: 4

Egal. Komm mal her.

Wa... Was denn?

!

Shoyan!

Mizo-guchi.

Kuroda.

Hase-be.

!

Und ... Tsukio-ka.

Und dann noch ...

Yama-guchi.

Ama-miya.

Mizu-no.

Frau Saku-raba.

... und
Kirishima.

...
Nezu
...

Die Auf-
gerufenen
kommen
mal hier
rüber.

...

Hey ...
Was soll
das?

Natürlich
wissen
wir das
nicht!!

Sag
es doch
einfach!!

...
warum
ich euch
gewählt
habe,
oder?

Ihr
scheint
überhaupt
nicht zu
verstehen
...

Wie erwartet!

Irgend- wie hat Shoyan mit Abstand den ersten Platz!

Übrigens war das die Reihen- folge der Stimmen- anzahl.

Warum denn ich?!

Red keinen Unsinn!

Hääh?

Ganz ruhig, Shoyan. So ist das nun mal.

Hey, wer war das? Wer hat für mich gevotet?

Urgh ...

...

Ach so ...

Damit ist sie auf dem zweiten Platz. Der Rest hatte jeweils nur eine Stimme.

Am zweithäufigsten kam Tsukioka.

Huch? Du scheinst gar nicht beunruhigt.

Ach so.

Das Ergebnis war doch zu erwarten.

... was genau sollen wir beim nächsten Experiment machen?

Und ...

!

Ihr seid die Sünder.

Alle übrigen sind ...

... die Engel.

Hana Ichi Monme »Neo«.

Das Thema des nächsten Experiments lautet ...

Genau.

Etwa ... dieses Kinderspiel?

Hana Ichi Monme?

Was?

Ihr werdet unter den Sündern jemanden aussuchen, den ihr am wenigsten braucht.

Bitsch

Wer ist es?

Dann schauen wir mal, wer gewählt wird. ♪

!

Kikuya Saotome

Saotome!

Dann wähl einen von ihnen aus.

...

Eine Person, die du auf jeden Fall retten willst.

... Kirishima.

Mich?

Wie?

Hm. Verstehe.

Kirishima hat ja nichts Böses getan.

Frau Sakuraba auch ... aber Kirishima ist jünger.

Ein einfaches Ausschlussverfahren. Zuerst sollten die Frauen gerettet werden.

Und warum hast du sie gerettet?

Ach ...

Dann ... durchtrenn damit mal ihr Seil.
Sst
Okay ...
Btsch
Willkommen im Himmel ...
... Kirishima.
...
Ist doch schön, gerettet zu werden.
Sag mal. Wie fühlst du dich?
Wie ist es, wenn man durchs Opfer anderer gerettet wird?

... der
gewählten
Person ...

... musst
du mit dem
Messer eine
zehn Zenti-
meter lange
Schnittwunde
verpassen.

Hääh?!

Ihr sollt
selbst
wählen
...

... wer
gebraucht
wird und wer
nutzlos ist.

Da... Das
kann ich
doch nicht
machen!

6. Experiment:

Hana Ichi Monme »Neo«

... noch jemanden wählen.

Saoto-me, du musst ...

Kapitel 21: Solange sie noch ein Kind war

Du musst jemanden wählen, der für dich am unnötigs-ten ist.

... der gewählten Person musst du mit dem Messer eine zehn Zentimeter lange Schnittwunde verpassen.

Und ...

Wie? Wählst du etwa Nezu?

Das ist ja komisch. Ich dachte, ihr wärt Freunde.

Aber du ...

... dass du glaubst, dass Nezu dir das vergeben würde?

Könnte es sein ...

Ne... Nei...

Es ist nicht gut, grundlos Leute zu bestrafen.

ズズッ

Schwupp

Was denn?

...!

Urgh!

Daher ... ist er ... nutzlos.

Nezu ist durchgedreht ...

... und hat somit alle verwirrt.

Na gut.

Hmpf ...

Urgh ...

Aber genau zehn Zentimeter!

Dann bitte sehr.

Da du die rechte Hand nicht richtig nutzen kannst, versuch es nicht zu vermasseln.

Streng dich an.

Und natürlich entsprechend tief.

Wapp

Ach so ...

Wir machen beim Nächsten weiter.

Los!

... wen er rettet ...

... und wen er richtet.

Der nächste »Engel«, der ausgewählt wird ...

... sollte sich also gut überlegen ...

Als Nächstes ...

P
i
t
s
c
h

...

* Entspricht ca. 800 Eu

Da gäbe es doch auch andere Kandidaten.

Hm ...

Aber egal.

Nicht doch ...

Danke ...

Butsch

Jetzt musst du noch jemand Nutzloses wählen!

I... Ich weiß doch!

Das ist nicht gut, oder?

... warst du Kuramoto gegenüber ganz schön gemein.

Stimmt ja. Shoyar eben ...

Du benimmst dich wie ein verhätscheltes Gör.

Ä... ähm ...

Glaubst du, dass ich dein fehlendes Nachdenken einfach vergeben würde, weil es nicht zu ändern ist?

Grins

... wird das schlechtmöglichste Ergebnis herbeiführen.

Schau zu ...

Dein Handeln hier ...

... wird das schlechtmög-lichste Ergebnis herbeiführen.

Schau zu ...

Dein Handeln hier ...

Kapitel 22: **Sturmhöhe**

Was meinst du damit?

Wie?

Damit wird die letz-te Regel des Experiments aktiviert!

Was hat er vor?

Lächel

Schon zu spät.

Sst

!

Ich ... werde mich entscheiden!

A... Alles klar.

... längst verlassen.

Dieses Messer hat deine Hand ...

Nun ja, das mag sein.

Aber ...

Kuramoto hätte es nicht weggeworfen, wenn sie von der Regel gewusst hätte!

Hey! Es ist unfair, später so was hinzuzufügen!

Aber das ...

Dann schneide mich ...

... zumindest für alle anderen.

Urgh!

... wenn ich es nicht mache, würde sie nicht erkennen, wie schwer ihre Sünde tatsächlich ist, oder?

Wie?

Dieser Trottel!

Nezu, nein!

Das bringt dir ...

... doch gar nichts ...

Wieso kannst du dich ohne Zögern so sehr für andere aufopfern?

Nezu ... Du bist echt ein Typ.

... was passiert, wenn man vor der Entscheidung wegläuft?

Hast du verstanden ...

Es tut mir leid ...

Buhu ...

Er ist ... komplett durchgedreht!

Das ist alles deine Schuld.

Wollen wir dann weitermachen?

Das fällt dir jetzt auf?

Wer ist der nächste »Engel«?!

Wer ist es?!

Reika Ishi

Ishi.

Etwa ich?

Hmpf ...

!

Hi hi

Hi hi hi

Hi ...

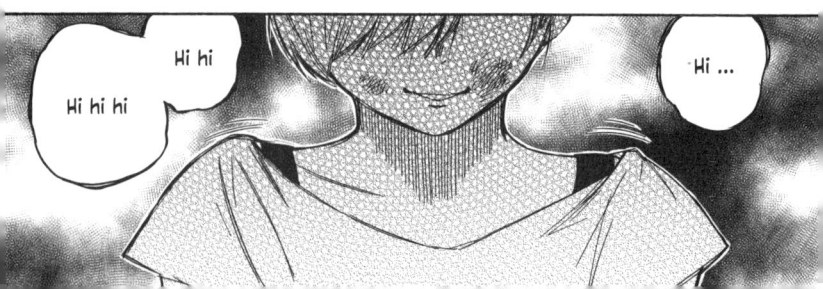

Aber ich hab etwas Angst ...

Ach so.

... wo ich den Schnitt setze, oder?

... dar ich mi frei au suchen ...

Ich bin etwas ungeschickt und schneide vielleicht zu tief ...

Das ist mir egal.

Ja

Dann ist ja gut.

Ach so.

So einen unglücklichen Fehler würde ich natürlich verzeihen.

Ha ha ha. Kein Angst.

!!

Hör mal, Ko-beni ...

Die nutzlose Person ...

... bist natürlich du ...

Mist! Ich muss sie irgendwie aufhalten.

Natürlich möchte Ishi sich an Tsukioka rächen!

Ni... Nicht, Ishi!

Sonst würde nur eine Spirale der Rache entstehen.

Urgh
...

Bwutsch_

... wären mir Shoyan oder Hasebe genauso recht.

Tja, eigentlich ...

Wir sind gerade mitten im Experiment.

Du darfst nicht stören.

... die zerrissenen Sachen ersetzen.

Ihr habt mit mir auch getrieben, was ihr wolltet. Ihr solltet mir ...

Urgh

...!

Au ... Autsch!

Mist!

... Kobeni
kann ich am
wenigsten
vergeben.

Aber
...

... aber
... wenn
ihr euch
ab jetzt
hasst ...

Kobeni hat
dir etwas
Schlimmes
angetan
...

Sie war
doch eine
Freundin
...

Wieso?!

Ich
hatte dir
eigentlich
vertraut.

Damals ... als die Jungs meinten, ich sehe wie ein »Mannweib« aus.

Ich hab dir gesagt, dass ich meine Frisur ändern möchte.

Also eigentlich ... hätte ich gerne so schöne lange Haare gehabt wie du ...

Wie?

...

Du hast einen schlanken Hals und daher beneide ich dich für deine Frisur.

Reika, du bist klein und hast ein rundes Gesicht ...

Du warst die Einzige, die so was zu mir gesagt hat.

Du siehst so doch viel reizvoller aus.

...
Hach ...
Wirklich schade.
Dann werde ich dir als Strafe ...
... einen Schnitt im Gesicht zu-fügen.

Dann werde ich dir als Strafe ...

... einen Schnitt im Gesicht zufügen.

Kapitel 23: **Tod im Fahrstuhl**

Reika!

Hör auf!

Ah ...

Aah!

Nicht, Ishi!

Alles, was du getan hast, ist, eine einzelne Person unglücklich zu machen ...
... und ...
... daraus wird nur neuer Hass erwachsen!
Hmpf. Yamaguchi, ic versteh jetzt ...
... warum du ...
... Nezus Art nicht ausstehen kannst.
Nezu ... Du bist wirklich ...
... nervig.
Willst du etwa bis zum Tod solche Parolen rausposaunen?
...

... so menschlich.

Du bist wirklich ...

Klatsch Klatsch

Klatsch

Sie haben uns hier-hergeführt.

Das sind die Gene, die seit Urzeiten vererbt wurden.

Das ist die Natur des Menschen.

Ja ...

... klammern sie sich verzweifelt an die Beine anderer ...

... weil sie diesen ebenfalls ein Leid antun wollen.

In solchen Momenten ...

Menschen ... ertragen es nicht, wenn sie allein Leid erfahren.

Egal, wie sehr man andere verletzt, das bringt einem nichts.

...

Dabei ist das seltsam oder?

... und du wirst auch unglücklich.

Tsukioka wird so unglücklich ...

...

Los! Wollen wir den nächsten »Engel« ziehen?

Was genau hast du also gerade angerichtet?

!

Genau.

Ich such erst jemanden zum Retten aus, oder?

Verstanden ...

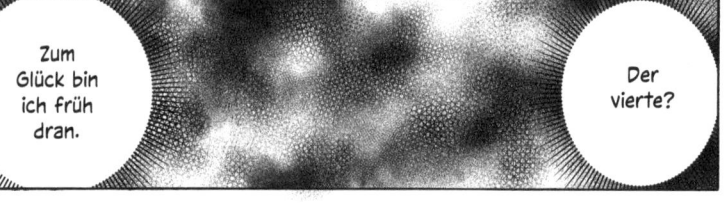

Zum Glück bin ich früh dran.

Der vierte?

Ja ...

!

Ishi!

...

Das Messer.

Hey, Ishi.

Ich werd ...

... Amamiya retten.

Wie?

Willst du es dadurch etwa wiedergutmachen?

Ach?

De... Der Klassensprecher wähl Amamiya?

...

I...

Ich
rette
...

... Mizo-
guchi.

Mi...
Mich?!

Hä?

Wa-
rum
denn
?!

Die **Schatten** aus unserer **Vergangenheit**

Fortsetzung in Band 4

Die Schatten aus unserer Vergangenheit

Yae Utsumi

Vielleicht wollten die Sumerer
auch große Augen haben.

Bis deine
Knochen
verrotten

Yae Utsumi ①

altraverse

Bis deine Knochen verrotten

Yae Utsumi

Vor fünf Jahren töteten fünf Freunde einen Mann. Heute erinnert nur noch ein an einem geheimen Ort vergrabenes Skelett an ihr Vergehen. Als dieses plötzlich verschwindet und ein mysteriöser Unbekannter die Freunde erpresst, bricht für sie die Hölle auf Erden aus.

Kemono Jihen – Gefährlichen Phänomenen auf der Spur

Sho Aimoto

In einem ruhigen Dorf ereignet sich ein seltsamer Vorfall. Um diesen zu untersuchen, reist Inugami, ein Detektiv für okkulte Vorkommnisse, aus Tokio an. Im Laufe seiner Nachforschungen lernt er den jungen Dorotabo kennen und merkt schnell, dass nicht nur sein Name unmenschlich ist …

Kakegurui – Das Leben ist ein Spiel

Homura Kawamoto | Toru Naomura

An der Hyakkaou-Privatakademie geht es für die Schüler nicht um ihr Können im Unterricht oder Sport, sondern um ihr Talent im Glücksspiel. Yumeko Jabami ist neu an der Hyakkaou und beginnt vom ersten Tag an, das System der Schule mit ihrem Zockerwahnsinn auf die Probe zu stellen ...

Story: Homura Kawamoto
Artwork: Kei Saiki

Ka ke gu ru i 1 Twin

altraverse

Kakegurui Twin

Homura Kawamoto | Kei Saiki

Ein Jahr bevor Yumeko Jabami an die Hyakkaou-Privatakademie kommt, wechselt Mary Saotome auf die Schule. Schnell lernt sie, dass es hier nicht die Schulnoten bestimmen, wie hoch man in der Rangordnung der Akademie steht, sondern das eigene Können im Glücksspiel – und Mary ist entschlossen zu den Gewinnern zu gehören.

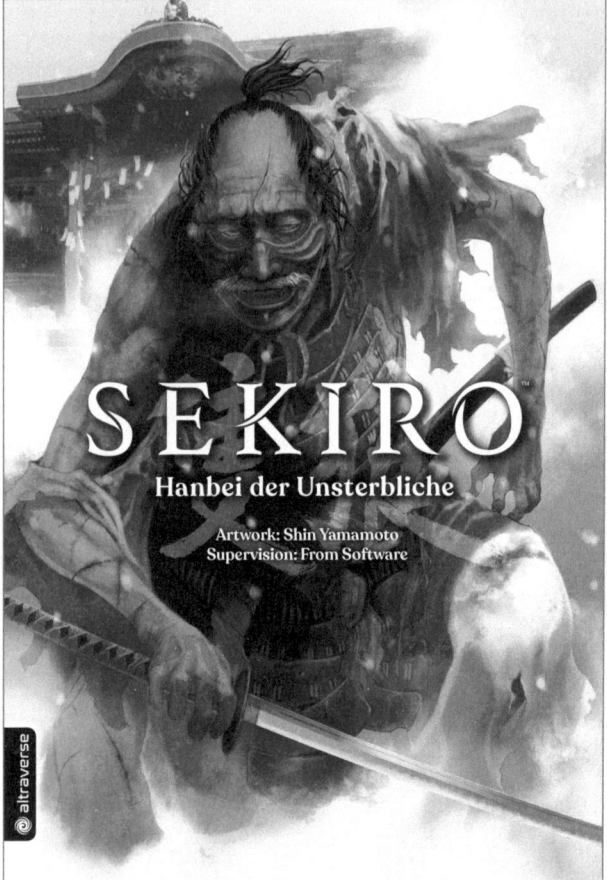

Sekiro – Hanbei der Unsterbliche

Shin Yamamoto | From Software

Japan in der Sengoku-Zeit: Ein Zeitalter, in dem die Verlierer wirklich alles verloren. Der Schwertheilige Isshin Ashina trifft auf einen einsamen Samurai, der, egal wie oft man ihn niederstreckt, nicht stirbt. Sein Name: Hanbei der Unsterbliche.

Sekiro - Shadows Die Twice
From Software

Einarmiger Wolf ... Übe Rache. Stell deine Ehre wieder her. Töte mit Verstand.
Erhaltet mit diesem offiziellen Artbook einen noch tieferen Einblick in die Welt des preisgekrönten Videospiels *Sekiro – Shadows Die Twice*. Neben exklusiven Artworks enthält es frühe Charakterdesigns und Konzeptzeichnungen und vermittelt, wie die Welt dieses Meisterwerks entstanden ist. Ein Muss für jeden From Software-Fan.

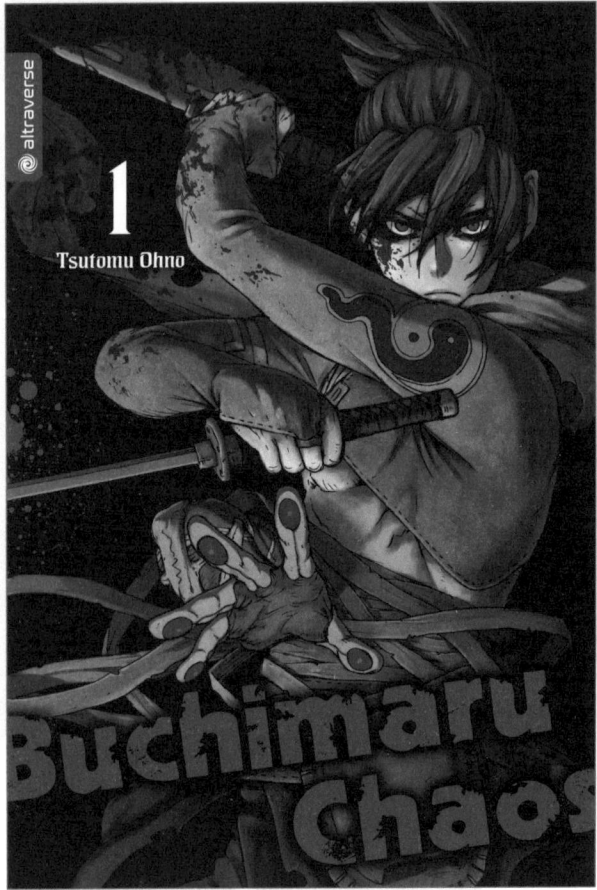

Buchimaru Chaos

Tsutomu Ohno

In einer Zeit, in der Menschen noch in Frieden mit der Natur leben, begehen die beiden Shinobi Byakuya und ihr Schüler Buchimaru ein ungeheures Verbrechen. Sie greifen einen Nushi, ein gottgleiches Wesen, an. Der Auftakt eines Konflikts, der das ganze Land in Aufruhr bringen wird ...

Record of Grancrest War

Ryo Mizuno | Makoto Yotsuba | Miyuu

Auf einem Kontinent, der vom Chaos regiert wird, können nur die Lords mit der Kraft der heiligen Siegel die Menschheit beschützen. Die junge Magierin Siluca und der wandernde Lord Theo schließen einen Pakt, um den Kontinent zu retten und das Chaos zu vertreiben.

Story: Ryo Shirakome
Artwork: RoGa
Character Design: Takaya-ki

Arifureta – Der Kampf zurück in meine Welt

Ryo Shirakome | RoGa | Takaya-ki

Hajime führt ein wenig aufregendes Leben, doch plötzlich wird seine Klasse in eine andere Welt beschworen, um die Menschheit vor dem Untergang zu bewahren! Während seine Klassenkameraden mit außergewöhnlichen Fähigkeiten ausgestattet werden, wird Hajime nur ein magischer Schmied. Wird er in dieser gefährlichen neuen Welt überleben können?

Made in Abyss

Akihito Tsukushi

Das riesige Höhlensystem Abyss ist der letzte unerforschte Ort der Welt. Riko träumt davon, eine genauso berühmte Höhlentaucherin wie ihre verschollene Mutter zu werden. Auf einer Erkundungstour der höheren Ebenen des Abyss macht sie eine Entdeckung, die ihr ganzes Leben auf den Kopf stellen wird ...

Goblin Slayer!

Kumo Kagyu | Kousuke Kurose | Noboru Kannatuki

Eine junge Priesterin schließt sich ihrer ersten Abenteurergruppe an, nur um sich kurz darauf in einem Goblin-Hinterhalt wiederzufinden. Doch sie hat Glück, denn Goblin Slayer hat sich genau diese Goblins als seine heutigen Opfer ausgesucht.

Fantasy 16 +

Goblin Slayer! Year One

Kumo Kagyu | Kento Sakaeda | Shingo Adachi | Noboru Kannatuki

Als einziger Überlebender eines Goblin-Angriffs auf sein Dorf sinnt ein Junge auf Rache und schwört sich, jeden einzelnen Goblin auf dieser Welt zu jagen und zur Strecke zu bringen. Dies ist der Beginn der Geschichte des legendären Helden Goblin Slayer.

Goblin Slayer! Light Novel

Kumo Kagyu | Noboru Kannatuki

Zusammen mit ihren Kameraden gerät eine junge Priesterin in den Hinterhalt einer Horde Goblins. Sie wähnt ihr Schicksal schon besiegelt, als plötzlich eine Gestalt in Rüstung vor ihr erscheint und sie vor einem grausamen Tod rettet. Es ist der Goblin Slayer, ein einsamer Abenteurer, der nur ein Ziel hat: Goblins töten.

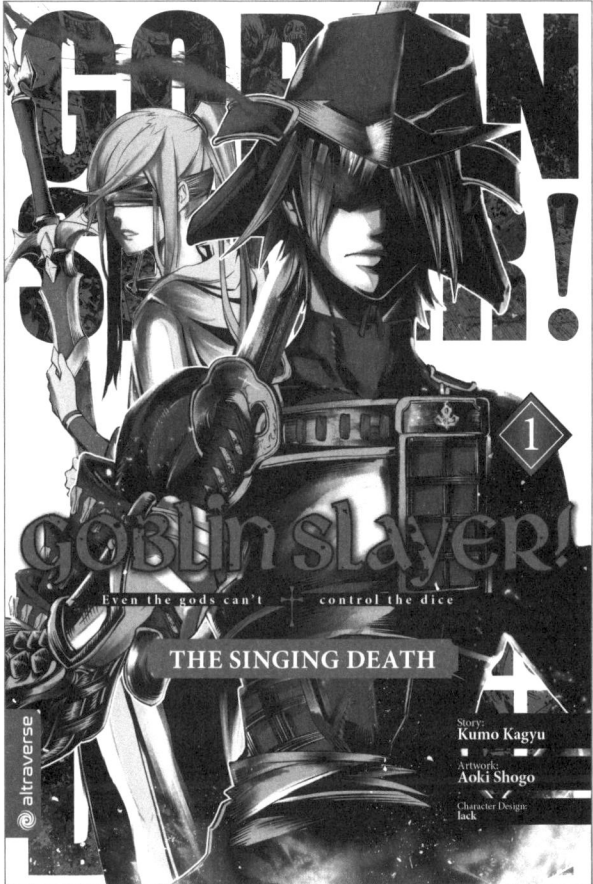

Goblin Slayer! The Singing Death

Kumo Kagyu | Aoki Shogo | lack

Am nördlichen Ende der Welt der vier Himmelsrichtungen liegt das mysteriöse Labyrinth des Todes. Viele Abenteurer und sogar ganze Armeen sind schon an ihm gescheitert. Eine junge Gruppe von Abenteurern setzt sich zum Ziel, das Labyrinth zu durchqueren und die Welt von dem Leid, das aus ihm in die Welt strömt, zu befreien.

altraverse

Deutsche Ausgabe / German Edition
Altraverse GmbH – Hamburg 2021
Aus dem Japanischen von Lasse Christian Christiansen

NARE NO HATE NO BOKURA
© 2020 Yae Utsumi. All rights reserved.
First published in Japan in 2020 by Kodansha Ltd., Tokyo.
Publication rights for this German edition arranged
through Kodansha Ltd., Tokyo.

Redaktion: Sabine Scholz
Herstellung: Stephanie Gieck
Lettering: Vibrant Publishing Studio

Druck: CPI books GmbH, Leck
Printed in Germany

Alle deutschen Rechte vorbehalten.
ISBN 978-3-96358-822-8
1. Auflage 2021

www.altraverse.de